The Mouse Bride

A Chinese Folktale

Nas Tsuag Tus Nkauj Nyab

Zaj Dab Neeg Suav

English/Hmong

Retold by **Monica Chang**   *Illustrated by* **Lesley Liu**

Hmong translation by **Tong Mua, Pao Vang, and Terfong Yang**

遠流出版公司
YUAN-LIOU PUBLISHING CO.,LTD.

A long time ago, in a large farmhouse in Taiwan, there was a mouse village built in the corner of a stone wall.

The head mouse of this small community had been thinking of his daughter's marriage. She was young and pretty, and had attracted many young fellows. But her father just could not decide which of the many suitors should be his son-in-law. He thought about this day and night, and finally made up his mind -- he would set up a fair test, and let the test itself choose the best husband for his daughter.

Yav thaum ub, nyob hauv ib lub tsev teb loj nyob teb chaws Taij Vam, muaj ib lub zos nas tsuag uas nyob hauv phab ntsa pob zeb ntawm lub kaum tsev.

Tus thawj nas tsuag ntawm lub zos no pheej xav txog nws tus ntxhais txoj kev sib yuav. Nws hluas thiab zoo nkauj, thiab muaj ntau tus hluas nyiam nws. Tab sis nws txiv txiav txim siab tsis tau tias tus hluas twg thiaj yuav ntxim ua nws tus vauv. Nws xav txog zaj no tas hnub tas hmo, thaum kawg nws thiaj txiav txim siab tias nws yuav tsim ib txoj kev sib tw, thiab txoj kev sib tw no yuav xaiv saib leej twg yog tus txiv uas zoo tshaj rau nws tus ntxhais.

He quickly set up a platform on the wall, then made an announcement to the village -- his daughter would choose her husband by tossing the ribbon-ball. In this traditional game, whoever caught the ball would become the maiden's husband. All the youth in the village were excited and ready for the game.

Nws thiaj li ua lub sam thiaj ceev nrooj rau tim phab ntsa, thiab tshaj tawm rau lub zos ntawd--nws tus ntxhais yuav xaiv tus txiv los ntawm kev pov pob. Raws li txoj kev cai no, yog leej twg txais tau lub pob ces yuav tau los ua tus txiv. Txhua tus hluas nyob hauv lub zos muaj kev xyiv fab thiab npaj rawv rau txoj kev sib tw no.

It was a bustling evening. The mouse maiden was ready to toss the ball. Suddenly, everyone heard a MEOW! The gigantic shadow of a cat appeared on the wall.

Nws yog ib hmos uas lom zem ntws. Tus ntxhais nkauj xwb nas tsuag tau npaj txhij yuav pov lub pob. Tos nwd, sawv daws txawm hnov lub suab MIS-AUS (MEOW)! Muaj ib tus duab miv loj tshwm tim phab ntsa.

A Cat! The big black cat lunged at the ribbon-ball. Its claws swiped at the platform, smashing everything to pieces. Every mouse fled, screaming. The mouse maiden was so scared that she fell from the wall. She was caught by a young mouse named Ah-Lang, who grabbed her hand and ran away.

Ib niag miv! Niag miv dub loj mos nthi rau lub pob. Nws cov rau tsuab lub sam thiaj ntuag ua sab ua sua tas li. Txhua tus nas tsuag quaj tuag pes tsig khiav tawm. Tus nkauj xwb nas tsuag tau ntshai heev thiab poob thav. Tus hluas As-Laas txais nkaus tau nws, tuav nws tes thiab coj nws khiav.

In his dreams that night, the head mouse saw the big black cat catch his daughter. He heard her screams and wails. Then he woke up, and found himself trembling all over.

Holding a pillow to himself, he began to think. What could he do to protect her? Finally, he sat up in bed and decided what to do. He would find the strongest husband in the world for her. Much stronger than the cat.

Hmo ntawd, tus thawj nas tsuag ua npau suav pom ib tus miv dub loj ntes tau nws tus ntxhais lawm. Nws hnov tus ntxhais quaj thiab qw. Nws txawm tsim dheev thiab ib ce tshee nyho.

Puag rawv lub tog rau ncoo thiab xav. Xyov yuav ua cas thiaj pab tau tus ntxhais? Thaum kawg, nws zaum tsaws saum lub txaj thiab txiav txim siab yam nws yuav ua. Nws yuav nrhiav tus txiv uas muaj zog tshaj plaws hauv qab ntuj khwb no rau nws tus ntxhais. Tus uas muaj zog tshaj tus miv.

But who could be the strongest in the whole world? He thought and thought until dawn broke. The sun beams gently touched upon his face through the roof cracks. The head mouse was instantly on his feet yelling, "The Sun! The Sun is the strongest in the world. For no one can live, nor can anything grow if the Sun does not shine. I shall marry my daughter to the Sun."

He immediately packed his knapsack and went off to find the Sun.

Tab sis leej twg thiaj yog tus uas muaj zog tshaj plaws hauv qab ntuj khwb no? Nws xav thiab xav txog thaum pom kev. Lub hnub txawm ci iab saum lub qhov tsev tuaj rau nws lub ntsej muag. Tus thawj coj nas tsuag qw tawg ntho sawv tsees tias, "Lub hnub! Lub hnub yog tus uas muaj zog tshaj plaws hauv qab ntuj khwb. Rau qhov tsis muaj leej twg yuav muaj txoj sia los loj hlob taus yog lub hnub tsis ci. Kuv yuav muab kuv tus ntxhais txis rau lub hnub."

Tam sim ntawd, nws nthos nkaus daim pam, thiab sawv tsees mus nrhiav lub hnub.

Ah-Lang spotted the old mouse leaving, and followed behind to see what was up. The old fellow headed straight for a mountain, then scrambled up.

As-Laas pom tus yawg laus nas tsuag tawm mus, ces nws txawm raws qab saib nws mus dab tsi. Yawg laus txawm ncaj raim mus rau tim roob, ces nws txawm ua tus tsi meej pem tas.

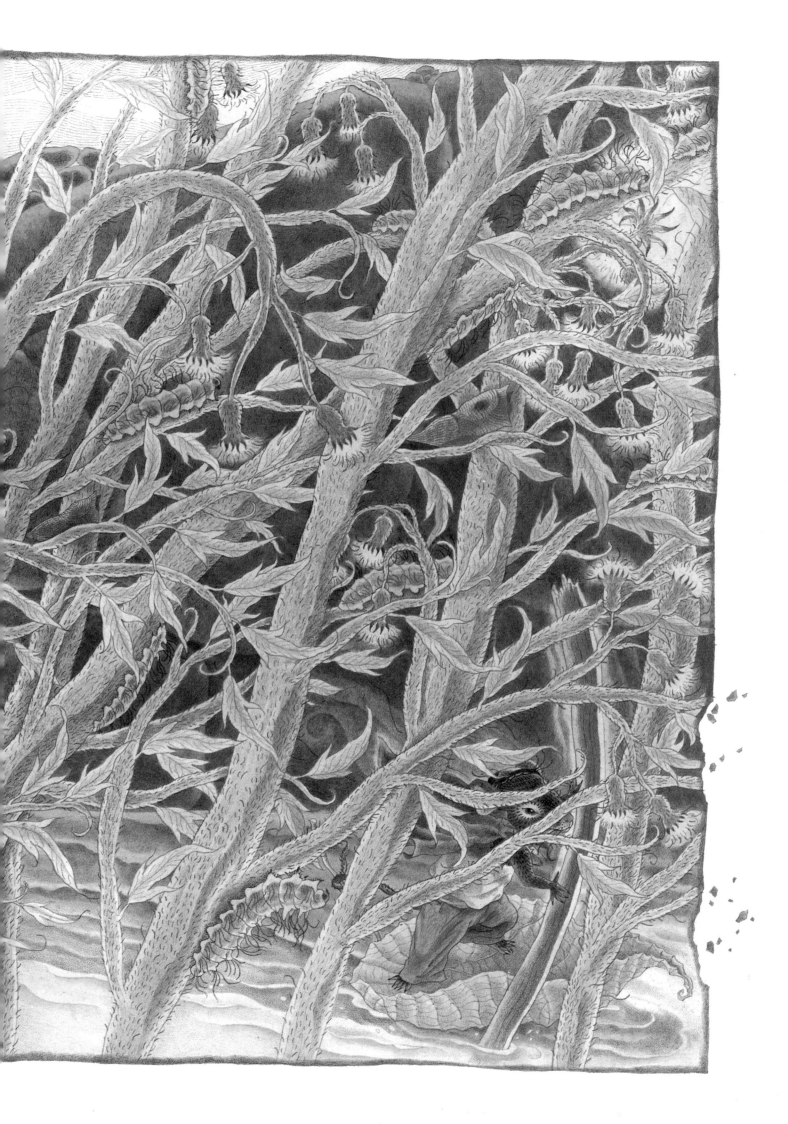

Standing on the mountain top, the mouse leader said to the Sun, "Excuse me, are you the strongest in the world?" Bursting with light and heat, the Sun answered "Of course, I am! No one can resist my great power."

Tus thawj coj nas tsuag sawv nres nrees saum ncov roob thiab hais rau lub hnub tias, "Thov txim ntau, koj puas yog tus uas muaj zog tshaj plaws hauv qab ntuj khwb no?" Lub hnub teb ua ci plas thiab sov so tuaj tias, "Yog mas, kuv ntag! Tsis muaj leej twg yuav tiv thaiv tau kuv lub fwj chim.

The old mouse announced, "I am the mouse leader, and I want to marry my daughter to you." But before he could finish his sentence, a dark Cloud emerged and covered the Sun.

Yawg nas tsuag laus hais tias, "Kuv yog tus thawj nas tsuag, kuv xav muab kuv tus ntxhais txis rau koj. "Ua ntej nws hais lus tas, txawm muaj ib tw fuab dub los roos nkaus lub hnub.

The old mouse was stunned. But he quickly got his wits back and proposed to the Cloud, with both arms wide, "Excuse me, I am the mouse leader and I want to marry my daughter to you. Are you the strongest in the world?"

Ua rau yawg nas tsuag laus ceeb. Nws txawm thim nws cov lus rov qab, thiab nthuav daj hlo hais rau tw fuab tias, "Thov txim ntau, kuv yog thawj nas tsuag, kuv xav muab kuv tus ntxhais txis rau koj. Koj puas yog tus uas muaj zog tshaj plaws hauv qab ntuj khwb no?

The Cloud proudly grinned, "Of course I am! I am the only one that can block the Sun's light and heat." But before the Cloud could finish his sentence, a fierce Wind arose and blew the Cloud away.

Tw fuab teb luag nyav tias, "Yog mas, kuv ntag! Kuv tib leeg thiaj thaiv tau lub hnub txoj kev ci thiab kub." Ua ntej tw fuab hais lus tas, muaj ib nthwv cua loj txawm nplawm kiag tw fuab mus lawm.

The leader turned to the Wind and said again, "Excuse me, I am the mouse leader and I want to marry my daughter to you. Are you the strongest in the world?"

"Of course I am! I can blow away the Cloud, I can blow the hat off your head, and I can even blow you back to your house." The Wind blew up a gale that threw the old mouse high into the sky. He flew along swiftly until -- Bang! -- he crashed into the village wall and dropped to the ground. Meanwhile, Ah-Lang was blown into the river and struggled to swim to shore.

Tus thawj nas tsuag txawm tig loo rau nthwv cua thiab hais tias, "Thov txim ntau, kuv yog tug thawj nas tsuag, kuv xav muab kuv tus ntxhais txis rau koj. Koj puas yog tus uas muaj zog tshaj plaws hauv qab ntuj khwb no?"

"Yog mas, kuv ntag! Kuv muaj peev xwm nplawm tau tw fuab thiab nplawm tau koj lub kaus mom ntawm koj taub hau, thiab muaj peev xwm nplawm tau koj rov mus rau tom koj tsev. "Tuaj kiag ib nthwv cua loj loj, nqa hlo yawg nas tsuag laus rau saum nruab ntug. Yawg ya cuag tsi txog thaum--Npees!---Nws tsoo phab ntsa vaj zos thiab poob kiag rau hauv av. Sij hawm ntawd, As-Laas raug tshuab mus poob rau nram hav dej thiab luam cuag tsi tawm los rau tim ntug.

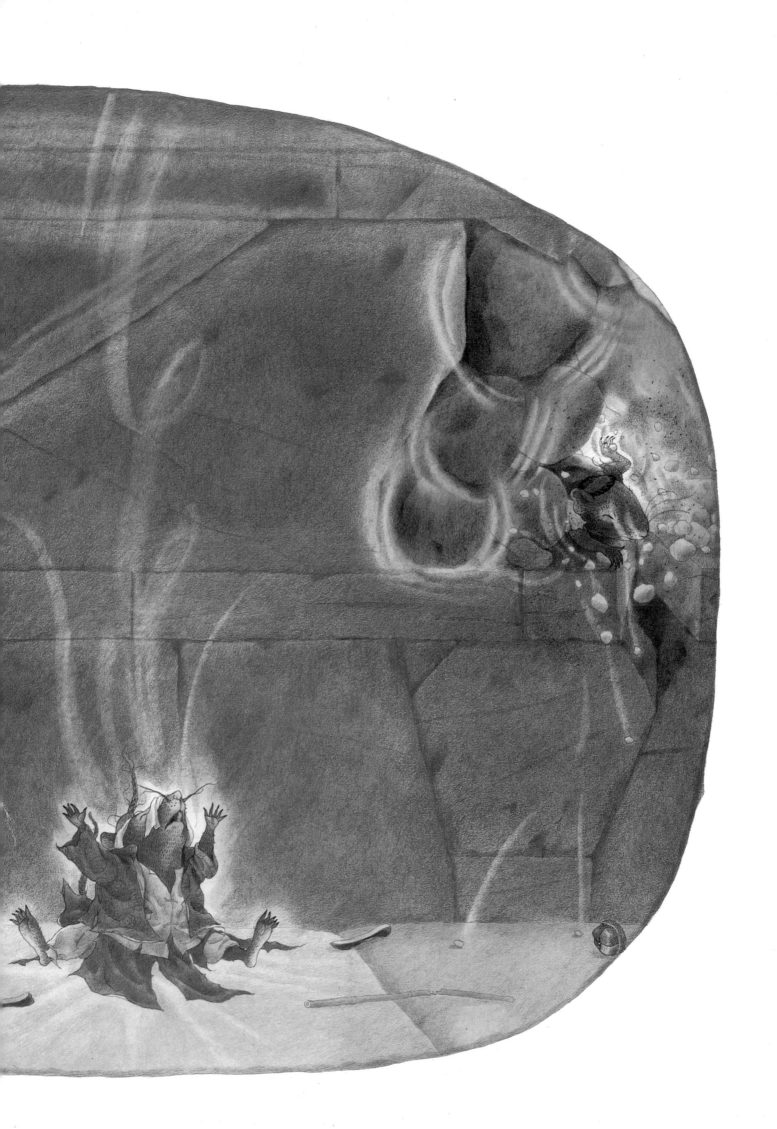

The old mouse rubbed his behind. He looked up at the Wall, then again said, "Excuse me, I am the mouse leader and I want to marry my daughter to you. Are you the strongest in the world?"

The Wall answered, "Of course I am! I fear nothing on heaven or earth. The strongest...OOUUCCH! Forgot to tell you," the Wall complained, "the one thing I fear is the Mouse." A brick fell, and out came Ah-Lang. He bowed and handed the old mouse his hat.

The old mouse finally realized that mice may be small, but they have skills that no others have. So he said to Ah-Lang, "You are the strongest of all. I will marry my daughter to you."

Yawg nas tsuag laus txhuam tsawg tsuag caj tw. Nws ntsia saum phab ntsa, thiab hais tias, "Thov txim ntau, kuv yog tus thawj nas tsuag, kuv xav muab kuv tus ntxhais txis rau koj. Koj puas yog tus uas muaj zog tshaj plaws hauv qab ntuj khwb no?" Phab ntsa teb tias, "Yog mas, kuv ntag! Kuv tsis ntshai dab tsi nyob saum ntuj los yog hauv ntiaj teb no li. Tus muaj zog tshaj..ub vob! Tsis nco qab qhia koj lawm, "Phab ntsa hais tias, "Kuv tsuas ntshai nas tsuag xwb." Phab ntsa to nplho, ces As-Laas tawm plaws. Nws nyo hau thiab cev yawg nas tsuag laus lub kaus mom rau nws.

Thaum kawg, yawg nas tsuag laus thiaj xam pom tias tej zaum cov nas tsuag yuav me los lawv ua tau ntau yam uas lwm tus ua tsis tau. Ces nws hais rau As-Laas tias, "Koj yog tus uas muaj zog tshaj sawv daws. Kuv yuav muab kuv tus ntxhais txis rau koj."

The mouse leader then prepared the traditional wedding for his daughter. On her wedding day, the beautiful bride sat on a wicker-shoe sedan chair, carried by two mice. Her dowry was put into many, many cases and carried by other mice.

Tus thawj nas tsuag thiaj li npaj ib rooj tshoob raws li kev cai rau tus ntxhais. Hnub xaus tus ntxhais tshoob, ob tus nas kwv tus nkauj nyab zoo nkauj saum lub com tuaj. Nws cov nqi tshoob mas puv ntau lub thawv thiab txaus ntau tus nas tsuag nqa.

When the bride and bridegroom arrived at his parents'
house, they knelt down and bowed to them. Once, twice,
three times. All the villagers watched, then joined the
happy wedding party.

Thaum nkauj nyab thiab nraug vauv tuaj txog ntawm niam tais yawm
txiv tsev, lawv pe thiab hawm niam txiv. ib zaug, ob zaug, peb zaug.
Tas zej tas zos tuaj saib thiab nrog lawv koom kev zoo siab hauv rooj
tshoob.

The Mouse Bride

English／Hmong

Retold by Monica Chang; Illustrated by Lesley Liu

Hmong translation by Tong Mua, Pao Vang, and Terfong Yang

Copyright © 1994 by Yuan-Liou Publishing Co., Ltd.

All rights reserved.

Yuan-Liou Publishing Co., Ltd.,

7F-5, No. 184, Sec. 3, Ding Chou Rd., Taipei, Taiwan, R.O.C.

TEL: (886-2)3651212   FAX:(886-2)3657979

Printed in Taiwan

This edition is distributed exclusively by Pan Asian Publications (USA) Inc.,

29564 Union City Blvd., Union City, California, USA.